Henri Cames

Une palette de sentiments

Poésie

Éditions Amalthée

Du même auteur

Les ombres de nos âmes, 2017, Éditions Amalthée

Lectorat :
Carole di Frenna

Consultez notre site internet

Pour tout contact :
Éditions Amalthée – 2 rue Crucy – 44005 Nantes Cedex 1
www.editions-amalthee.com

UNE PALETTE DE SENTIMENTS

À Mémé,
Toute habillée de noir des pieds à la tête
Et moi, sur ses genoux, en barboteuse blanche
À qui elle récitait par cœur, à quatre-vingt-dix ans passés !
Les Fables de Monsieur de La Fontaine.
Le chien, mon chien
À nos pieds, attendait
La fin de l'histoire…

PARTIE I

COULEURS,
AU FÉMININ

BLEU

J'AIMERAIS AVEC ELLE PRENDRE UNE BIÈRE DANS UN CAFÉ

J'aimerais avec elle
Prendre une bière dans un café.
Un de ces étés,
Où les ombres dansent au-dessus des sourires des femmes.

Dans les arbres, l'automne attend.
Le silence des autres fixe discrètement mes mains.
Elles tremblent.

Simplement, que revienne ce temps
Qui n'a pu passer.

LE MAGASIN DE FLEURS

Roses en cire,
Anges en plastique,
Bouquets arrosés de couleurs au pied de statues de pierre,
À peine stylisées.
Vera
Ouvre ses bras
Et du magasin de fleurs un long rire, comme un cri monte la rue :
Là, la revoilà ! Dix ans qu'elle n'était revenue.
C'était hier
Que, dans l'élan des deux corps
Un ange nu, doré
Avait roulé entre elles.

LUEURS

Sur les murs, la musique
Dépose de vagues contours de lumière
Devant laquelle s'effacent les faibles lueurs des abat-jours.
Une odeur de café s'évade, rire aux lèvres.
Un regard,
À l'instant,
Le capte.

La porte discrète s'entrouvre
Sur les grands yeux fardés d'une curiosité profonde.
Pas à pas. Un à un. Ils entrent
Au fond du mystère des mots et des canapés froissés.
Là, reposent de jeunes têtes
Inclinées sous le rêve.

Au plafond les couleurs effritent, légères
Les pensées d'un jour.
Et derrière la vitre sale, béante de soleil
Une main s'appuie sur une bouche triste,
Poursuivant un regard
Éloigné.

NOTRE VIEIL HÔTEL

Dans le couloir, sur le mur
Les traces disparues
Des valises qui se traînaient, d'étage en étage, sous le poids des années.
Plus une minuscule miette à terre !
Déjeuner sans baguette.

Te souviens-tu de notre clé tordue ?
Les parois de cet ancien chez-nous seraient devenues blanc-pâle
Et les pensées insonorisées. Même au plafond, le pas
Des disputes nocturnes
Semble s'être définitivement tu.
Et un bouton suffit,
Pour que glisse la vitre.

Je respire le ciel et yeux ouverts, je prie
La poussière des cigarettes éteintes, de revenir
Se poser sur la chaise
En plastique bancal.

... / ...

Longtemps debout devant la porte plate, moderne
Sans poignée et sans rêve.
Main en poche, au contact de la lourde clé :
Le numéro 17 que Serge, pieusement
M'avait conservé.

Ne te souviens-tu, de ma poche
Trouée…

RETOUR DE MONGOLIE

Allongée sur son lit,
Le dos courbaturé de fabuleux paysages,
En Mongolie.
À cheval.
Yeux fermés, elle repasse les photos non prises
Se reimprégnant ainsi d'odeurs
Et de sourires.

C'est vrai,
Que de retour du Chili elle avait eu bien moins mal.
Malgré leurs nuits,
Cinq étoiles.

Toutefois il ne lui faudra pas oublier :
Téléphoner à cet ami d'enfance, celui qui ne sort jamais. Qui écrit tant
Qu'il en oublie le moment
D'ouvrir la fenêtre.

Ensemble en forêt, sur le chemin qu'il semble encore reconnaître
Elle lui racontera ses histoires de steppes, le distrayant
De ses maux d'écrivains.

VOYAGE

Souvent, bien trop souvent
Il me fallait repartir et chaque fois ailleurs.

Revenant du voyage, heureux
Ma valise posée
Je l'embrassais.
Comme après un orage.

Le bonheur transparent, je sais bien ce que c'est.
Lever une dernière fois sa main. De dedans
De derrière la vitre d'un train,
En s'égosillant.
Bien inutilement.

Le départ se fait lent. Puis presque fulgurant.
On glisse sur la route
Et la pluie enroule tout. Votre corps,
Jusqu'au bout de vos mains.
Qui restera demain :
Elle, moi.

... / ...

Et ma tête balance de droite et de gauche.
Yeux mi-clos
Assez distinctement j'entrevois, somnolant sur un banc
Seul avec le vent
Mon nounours tout mouillé.
Auprès des feuilles jaunes.

Je ressens cette chaleur humide des caves aux murs gris,
Typique à l'automne.

Un brusque coup de frein :
Une porte de train qui s'ouvre à un soleil aveuglant
Un haut-parleur en or clame à qui veut bien l'entendre :
Terminus, on descend.
Est-ce la fin du voyage ?
C'est vrai, que j'ai peut-être l'âge.

Pourtant je ne m'étonne point
Qu'à l'oreille résonne une voix si lointaine,
Me soufflant un vent chaud venu de nulle part
Tout naturellement :
Elle sera là demain. Auprès de toi.
Descendant de ce même train. La petite valise à la main

Celle de tes quatre ans que tu avais oubliée.
Celle à la clé rouillée :
Bourrée de tous tes jouets !

SI LOIN

Tu es, si loin.
Tellement loin de moi
Que je me suis enfin décidé à ressortir des armoires qui geignent
Tous les vases, même ceux que tu n'aimes !
Y ai posé des tiges de tournesols, énormes
Sur chacune des tables. Jusque sur les livres.
Et je m'enivre
De ces soleils sombres,
Surtout les soirs.
Le plus près possible des grandes branches,
Qui ne bougent plus la moindre de leurs feuilles,
Pour ne point m'inquièter
Sur le balcon je replace
La chaise bancale, celle qui te faisait rire
Parce qu'elle était seule…

NOIR

BELLEVUE ALLÉE

Je redescends la Bellevue Allée.

Je tiens à ce chemin.
À son panneau rouillé.
Les arbres me regardent recompter les trous des pavés.
Et le banc cassé fait, à nouveau, l'aumône.

Mais le temps me presse.

À l'instant, j'aperçois seule au milieu du pré une femme.
Perdue, regard dans les nuages.
Serrant fort un nounours
Entre les bras.

Et j'arrête mon pas.

AU BIERGARTEN[1]

Que faites-vous aujourd'hui
Puisqu'il pleuvotera encore ? Oh, vous savez, j'irai seule en ville :
Traverser des visages.
Et ce soir, sous les arbres du Biergarten, j'en caresserai d'autres.
M'asseoir là simplement.
Et connaissant mon âge, me prenant par l'épaule
Les jeunes hommes m'offriront une bière.
Je leur raconterai des histoires
De soleil, sous la neige.

1 – Café ombragé en terrasse.

SON JARDIN

Son jardin ressemble à une grille, ovale
Et sans limites
Faite de tiges au bout desquelles se tiendraient,
Prêts à tomber,
Des visages en fleur
Lesquels, à défaut de mots, agiteraient leurs couleurs.
Signalant un vertige. Un lourd orage.
Un vent passé,
Venu d'ailleurs.

DES COULEURS

C'est une plaie
D'un rouge pétale qui colle au pinceau
Et, l'espace d'un sentiment
Les couleurs s'y mélangent à l'odeur des ruisseaux.
Des herbes, de leurs verts et de ceux des ailes des oiseaux,
Repeignent en silence
Son âme trop pâle.

ELLE LANCE

Elle lance ses quatre sentiments
Dans les derniers recoins.

Les peurs se cachent avec le chat, derrière le balai.
Le courage s'était précipité, bien avant l'orage
Recouvrir à lui seul, à tous les étages
Les vitres de l'hiver.

Amour y dormira dans la pénombre
Avec l'oiseau en cage !

Jusqu'au plafond,
Jusqu'au grenier, un regret infini colle à la poussière.
Le chien y est resté, allongé
Les printemps durant.

Surprenant le silence, elle se met à fredonner.
Et au bout de ses doigts dansent les bruits d'un ruisseau.
Elle regarde le berceau,
Où les livres et les revues s'entassent…

… / …

Ces matins,
Le givre aux fenêtres recouvre les milliers de feuilles ridées.

Mais, sur la blouse, se cousent
Deux notes de tendresse.

GRAND-MARNIER

Bien droite sur sa chaise
Elle enfonçait un doigt dans le soufflé au Grand-Marnier.
Cette maladie, cette protubérance
Explosa, tel obus à la guerre.

Au grenier elle avait gardé
Tant d'objets inutiles, bien des choses étranges.
Assiette ébréchée, couteau recherchant sa fourchette.
Panier du chien. Des chiens :
Patou, Dick, Patou et Dick.
Les parapluies tordus des petits
Et la cuillère à bébé.

Ce dessert lui rappelait l'œuf au plat qu'un enfant écrase,
Dominant son sujet.
Courant sur le rocher, comme au-dessus de vagues
Alors qu'une vie lente marche à vos côtés.

Et puis tout recommence : ensemble, remonter le fil du temps,
La rue du village
Sans courir. Puis, s'asseoir.
Cœur essouflé,
Sur la chaise.

... / ...

Ou comme autrefois, poignets bien au bord de la table
Avec l'envie de poser le doigt dans la purée :
Se servant de la sauce,
Y faisant un dessin.

À l'instant
Des gouttes d'eau, curieuses, se pressent sur la vitre.
Elle et ses yeux embués
Redessinent en pensée un grand point d'interrogation.
Le même depuis quatre-vingt-dix ans.
Cette fois elle avait oublié
Le petit point, dessous :

Une pointe de chocolat, au bout du doigt
Fera le reste…

À L'APPROCHE DE L'ORAGE

Les feuilles de la cour
Font leur toilette matinale, à coups de vent.

Ma mère lance son bras et sa main en arrière, chassant
Une idée que j'aurais pu avoir.
Elle aura bien le temps. Et d'ailleurs
À cette heure, elle ne verra personne.
D'abord, faire manger le chien.
Qui dort. Qui n'a pas faim.

Des feuilles viennent, curieuses
Se coller à la vitre.
D'un regard,
Elle les chasse.
D'autres roulent, le long du trottoir sans qu'on s'en aperçoive.

Caché auprès de l'âtre
Le chat fait passer, lentement, sa patte sur l'oreille
Et fait signe à l'orage.

CAFÉ GRUBER

Assise sur la même chaise,
Pas exactement au même endroit. Coussin rangé sous les fesses,
Assorti à la tapisserie du café
Que, maintenant, dirige sa fille.

Elle se plaît à redire
Entre deux questions dont elle n'attend pas réponse :
Il vivait à Strasbourg, n'est-ce pas ?
Ici,
Vous voyez, depuis vingt-deux ans.
Rien n'a changé.

Certes, ma fille ne prépare plus de petits-déjeuners
Mais nos gâteaux : toujours faits maison !

Et vous, les reconnaissez
Ces anciens clients, fidèles
Qui reviennent.

Alors un ami, assis dans un coin de la pièce
Digne porte-parole des morts,
Raconte quelque chose.

ROUGE

PÂQUES

On fera notre petit tour,
Ce matin ?

Aller acheter des branches, en revenant.
Les placer artistiquement dans le vase aux couleurs ébréchées.
Y accrocher les œufs en porcelaine peinte,
Ressortis du tiroir.

Avec assez d'eau,
Pour qu'il y fleurisse
Des oiseaux.

LE TOURNESOL

Elle s'est levée de sa chaise.
A tendu le bras,
Écrasant le ventre au bord de la table.
Le bout de ses longs doigts touchant, à peine
Le petit vase Art Nouveau.

Elle l'a légèrement tourné, vers moi
Le tournesol coupé ne pouvant plus, de lui-même
Regarder en ma direction.
Et le voilà à l'instant,
Tête penchée vers la mienne.

Et m'a lancé, sourire apaisé :
Tu vois,
Un soleil pour toi
Qui vient te réveiller !

LA DERNIÈRE NOIX DU NOYER

Fouillant mon tiroir secret,
Je ne retrouvai nulle part mon cœur de bois.
Ma belle, ronde noix,
Le seul cœur que l'on puisse tenir dans le creux d'une main.

Ma femme me tient l'autre.

Couleur bois,
Elle avait roulé, se cacher tout au fond.
En boule. Dans la tristesse des jours de brume,
Quand les toits d'aujourd'hui ressemblent, à s'y méprendre
Aux ardoises brillantes,
De sous son arbre.

Ma femme,
Instinctive et mère,
M'entoure de ses bras.

DEMAIN

Demain.

Demain matin. Je vais t'acheter un jardin, immense. Sur la colline.
Avec sa maison d'automne en ruine

Et des fleurs, qui danseront tout autour.
Partout! Des bouquets dans le recoin des pièces,
Séchant, en été, au rebord des fenêtres
Où le soleil se promènera, béant
Sur des titres.

Entre les pages,
Les pétales des années écrasées.
Et le soir entre tes bras, illuminé de marguerites, tu auras
Pour moi le rire
Des journées de décembre.

SON CHAPEAU

J'entrouvre juste un volet. À la hâte.
Sa démarche apparaît là-bas, entre les deux arbres.
Un Au Revoir de la main : de celle que je serre la nuit,
Couché sur son côté
Été comme hiver, noir ou bleu
Son chapeau fait de l'ombre à ses paupières.
Une pénombre dans le regard. La patience, la même
Qui se promenant s'assure
Que je suis bien là. Auprès d'elle !
Je referme les volets,
Elle reviendra.

QUE N'Y VOIT-ON PAS…

Que n'y voit-on pas…

De vieux chiens immobiles.
Des bras complètement tatoués aux cheveux hirsutes.
Des dames, dont on ne sait plus l'âge et qui ne peuvent plus lire
De l'ascenseur, les chiffres.
Une petite fille bouclée, qui crie
Avec ses yeux de gaieté.

Au matin. Au pied de l'immeuble.

Et de dos, une femme
Simple, élégante
Sur laquelle l'on se retourne.
Sur laquelle, toujours, je me retourne
Quand je m'éloigne, dans la direction opposée.
À laquelle je pense,
Quand je m'en vais.

SA ROBE

Sa robe,
D'un bleu intense,
Cache une flaque d'eau et la beauté rare des cieux.
Traversant la rue
Un sourire à la main,
Un geste léger
Jette dans l'air du matin une pensée
De femme.

PLAGE DÉSERTE

Une jeune femme brune, à cheveux courts
Svelte. Décolletée.
Bronzée.
Belle.

Sur la pointe des pieds piqués par d'insolents cailloux de plage.
Accroupie, à hauteur d'un visage.
D'un homme, assis sur une pierre.
Nu sous la serviette blanche, recouvrant ses pieds.

Impassible rêveur
Coudes sur les genoux, qui attend sous le soleil
Ce léger baiser salé.

Photo superbe
En noir et blanc
D'une plage déserte

Accrochée,
Je m'en souviens, comme si c'était hier.
Dans les toilettes du restaurant.

MÉTRO

Dans un métro d'été,
Toutes fenêtres fermées
Des hommes d'affaires, smartphone en perfusion au creux de la main
Que plus personne ne serre,
Ont perdu la fonction : appuyez sur votre regard
Et entrouvrez un sourire.
Dites, quelque chose de simple
Que vous sauriez encore exprimer
Aux lèvres splendides
D'une femme
Assise.

LES CRAYONS DE L'ENFANCE

AU 3, RUE JULES LAFORGUE

Mon père, ma mère et mon chien-loup
Habitèrent longtemps
Au 3, rue Jules Laforgue.

Je me souviens de la grille ouvragée,
De la poignée branlante à la porte d'entrée
Et de la clé, pendant d'un côté
Tel artiste au trapèze.

Pourtant, du poète
Je n'ai gardé qu'un souvenir d'enfant :
Le bout de son trottoir,
À l'angle d'une rue.

FRANÇOISE

Quelqu'un me tenait par ma menotte
Et j'y garde, aujourd'hui encore, la tiédeur de la brume
Des matins, que je n'entends plus
En ont effacé les contours.

Deux personnes.
Dans l'attente que l'un ou l'autre dise le mot qu'il vaudrait :
Va, on s'en va.
Quatre ans. La crainte de comprendre.

Je portais un manteau : vaguement beige,
Avec les gros boutons d'époque. Le même, sur la photo en noir et blanc
Dans un cimetière ou ce qui y ressemble.
Un fil de toile d'araignée, au soleil
Apparaît.

L'instant.
Une allée à gamins qui vient et qui revient. C'est fait pour y courir,
Tête relevée. Yeux fermés. Sans se gêner :
Là, on pourrait crier.
J'ai l'impression,
C'est ce qu'elle voudrait.

... / ...

Des oiseaux en l'air. Je rebaissais la tête.
C'est un de ces lieux qui garde le pardon, bien au chaud.
Avec ou sans nom, qu'importe.
J'ai froid sur mon manteau
Et je voudrais regagner la cabane de mes rêves.
Bâton à la main, gratter. À mes pieds
Dessiner des milliers de croix qui se croisent
Et chaque soir.
Je les effacerai pour les redessiner,
Aux étoiles éteintes.

Un des petits boutons vient juste de tomber,
Dans une minuscule flaque d'eau.
Et il y crée sa larme.

PAR HABITUDE

Le rond en argent de mon père
Roule toujours à terre :
Il est bien trop grand pour la serviette
Et la cendre de sa Gauloise, elle, se pose silencieuse
Juste à côté du cendrier…
Ma mère vitupère, mais rien n'y fait.
L'amour, même passé
Scelle à jamais.

ALCOOL

Mains crispées par le devoir qui ne pouvait attendre,
Ma mère frottait mes brûlures
À l'alcool, pour me prouver, refaisant l'expérience
Que nos sentiments se trouvaient bien
À fleur de peau.

Elle n'était pas consciente de brûler les étapes.

Mais moi,
Je croyais au coup de baguette magique décrit dans les livres.
Un bébé abreuvé de contes, devenant du jour au lendemain un quelqu'un.
Qui écrirait, sans fautes de grammaire,
Le roman : La Mère.

Laquelle avait passé le plus clair de son temps sous les ardoises
À refermer les portes devant le vent malin,
Qui venait des blés, chanter
Les anges.

... / ...

Les blés, ce sera pour plus tard, me rétorquait-elle.
Mais, dis-moi Maman, cette année
Il n'y a pas eu d'été ?

Laisse-moi tout cela de côté !
Crois-moi, je te réchaufferai en versant
De l'alcool dans la cheminée.

DANS LES PRÉS DU CIEL

Sur ma joue pointe une larme.
Le regard embrumé, de deux doigts, j'efface la vitre.
Je me hisse sur la pointe des pieds, apercevoir les prés du ciel.
S'y promènent les oiseaux lents.
Rarement, je n'avais eu petit
Deux genoux dans l'herbe.

MANÈGE, MANÈGE

Un manège de chevaux blancs.

Avec des selles noires
Et les crinières du soir,
Rouges d'anciens cris d'enfants.

Des chevaux qui viennent de loin
Du fin fond des plaines, des horizons sans fin.

Des rêves de bois et de fer
Qui reviennent donner le vertige à ceux ou à celles
Qui voudraient arrêter l'instant
Des ronds dans l'eau,
Reflètant le ciel et son manège

Aux chevaux blancs.

À fixer sur un papier,
De la pointe d'un crayon affreusement aiguisé
Pour que ne s'échappent ni rouge, ni noir.
Encore moins les nasaux,

Couleur de rêve.
Mal dessiné.

BLANC-BLEU-ROUGE

Les fenêtes à rideaux ont conservé le blanc de la fraîcheur d'antan
Et le ciel, ce bleu des yeux de porcelaine.
L'aube claire,
Tel chat entre les jambes,
Repousse imperceptiblement
Un rideau.
Qui garde, fier sur lui, la tache rouge du stylo
D'un enfant ayant un jour
Décrit en l'air
Un geste…

ET JE TOURNE LES PAGES

Et je tourne les pages
Des cieux, qui me renvoient des images
D'étés furieux et de neiges
Aux craquements légers.

Les yeux brûlent au coin d'un feu.
Un livre, sur une jupe, s'étale.
Un vent de cheminée en berce les phrases,
Ravivant la chaleur qui coule du fond des âmes.
Rêves de ruisseaux tout scintillant d'étoiles, explosant dans les flammes.

Il est de ces moments incrustés sous la cendre
Où les choses ont l'odeur du papier.
D'un doigt entre deux pages. Un mot pour deux,
Pour ma sœur et pour moi.

Un regard qui serpente.
Pure eau de source qu'on jeterait à minuit, pour en finir
Dans l'âtre bondissant.
Et dire aux enfants, silence : demain.
Ou peut-être.

... / ...

Mais n'ayez crainte.
Les briques ont réchauffé vos lits
Et le ciel de la nuit fera parler d'immenses dessins…

ENFANT TRISTE

J'aime l'enfant triste
Qui baisse la tête pour mieux laisser passer l'orage
Murmurant, pour qu'on l'entende :
C'est dommage.
Car il voit mon regard,
Lisant sur ses lèvres serrées qu'il a plutôt envie de rire
Mais qu'il s'en garde bien.
Attendant que je lance :
Mais pourquoi c'est dommage ?
Allez. Viens.
On va courir après les nuages !

À LA PÉRIPHÉRIE DES BLÉS, POÈME EN TROIS ACTES

Le père avait amené ses trois enfants, un jour plus tôt.
Les soustraire à la ville blafarde
Où ne pousse plus aucune couleur d'arbre…

Chacun des petits marchait bon train, pavé en poche :
Leur faire croire là-bas
Que des montagnes fières protègent la cour des écoles
Où tournent, dans les têtes, des poèmes
Transmis oralement, de génération en génération.
Car les livres, blessés de n'être plus touchés, avaient depuis longtemps
Pris la clé des champs !
Sans oublier, avant que de partir
De faire traîner leurs chiens en peluche dans la rigole.
Poussiéreux et mouillés, ils ressembleraient ainsi à de vrais chiens des prés.
Il paraît qu'il en court partout : au poil de toutes couleurs
Et deux yeux différents.
Matin et soir, à travers le blé qui bouge.
Rien à faire. Rien à aboyer,
Les animaux sont des amis.

… / …

Et personne n'y vit,
À part la vieille Dame pâle
Tout habillée de noir, qui nous sourit.
Enfants, poussez vos petits cris dans la campagne déserte.
Au pied des pommiers, effrayées
Tomberont alors des pommes.
Sachez, toutefois, que les grands arbres sont habitués
Au silence des mots écrits
Dans les pages des livres qu'entrouvrent les volets des maisons.
De nos jours, lectures pour corbeaux portant en leur bec
Des lunettes anciennes.
Et les matins, dans la cour du château en ruine,
Ils jouent à cache-cache. À ce nouveau jeu : « Enlevés à la ville »
Puis, assis dans la voiture rouillée penchant dans le fossé,
Comme voulant prendre la route juste après le virage,
Devant la plaque du village
Et ses informations de bienvenue :
« Sa place vide, son église sans cloche, son bistro fermé »
Les trois enfants relisent ces phrases.
L'un contre l'autre, sur les vieux sièges du véhicule
Égratignés par les pattes des poules,
Sous les cieux qui défilent, ils comptent et recomptent les années
Des bonheurs qui rougissent.

Et la buse revient.
Planer, respectueuse, du fond de la cour
Au-dessus du poulailler et de la tombe du père.
Entre trois pavés, en forme de croix ouverte, des fleurs en herbe.
À la place du quatrième, de la terre foulée.

Un coup de vent lance quelques vers
À la périphérie des blés.

PATOU[1]

Sa voix enveloppe ma mémoire
D'un voile qui, d'année en année
S'évapore.
En reste le parfum
Dans l'étroit couloir parcouru des sauts de Patou, son grand chien noir.
D'un geste, chasse ses cheveux d'artiste qui s'envolent
Vers la porte du jardin.
S'y ouvre, chaque fois que je viens
Un ciel autre.

1 – Chien du peintre V. Weingartner.

M. DE L.F.

À quatre ans,
Sur les genoux d'une très vieille dame,
Toute habillée de noir. Rigide et morale.
Moi, en barboteuse blanche.

Mémé tournait les pages : Le loup, l'agneau, la fourmi, la cigale
Mais, où est le renard ?
Le chien, à mes pieds. Écoutait.
Des fables, pensait-il !

Il vaudrait mieux aller se promener.
Le renard il n'est pas ici.
Moi, tout chien que je suis, je sais où il est :
Et il nous attend.

L'on s'observait. Lui d'en bas, moi d'en haut.
Se disant, dans notre langage,
Ce sera pas fini,
Bientôt...

LA PLANCHE CREUSE

J’ai sangloté,
En rêve. Rêvant de la petite planche en bois, en son milieu creuse
De ma chère Mamy
Qui y coupait oignon, ciboulette et persil.
Sa planche, à jamais
Perdue.

Y reste le silence du vent.
Jusqu’aux fenêtres qui serrent les dents.
Mon manteau s’était allongé à terre, signe du destin.
Même plus une chaise.

La planche creuse, comme deux joues bien vieilles,
Avait donc disparue
Avec ce mot affreux : Ailleurs.
J’étais là, dans la maison encore debout.
Privée de nounours.

Au seuil de la porte. Assis sur la pierre.
Respirant le soir, me revint l’odeur ancienne
De sa tisane calme.

SA PERLE

Ma petite fille s'approche, l'air piteux.
Dans sa main la broche d'Elisabeth, celle de sa grand-mère.
Et il manque une perle !
Ne cherchons pas comment…
Elle, s'interroge : quand j'irai la rejoindre, au ciel
Comment lui expliquer ?
Ma petite, elle y est déjà.
Observe la nuit, entre les deux arbres.
Tu y verras une seule étoile qui regarde et scintille.
C'est sa perle qu'elle agite
Joyeuse, dans le noir.

C'ÉTAIT EN PLEIN ÉTÉ

Je me souviens.
L'été avait été immense. Sa lumière à travers la vitre béante
Se répandait encore sur les formes de meubles,
Noir design.

Le mur extérieur à la peinture blanche
Avait peine à cacher les trous de mémoire des vieux volets.
Ils se tenaient maintenant, vert foncé
À l'ombre de la cave.

Entourés de deux cartons. En vrac, des recueils de poèmes.
Et chaque jour les mots de grand-mère :
Tu les prendras, plus tard.

Car ils ne parlent que d'automne. De la douceur, que tu ignores
De jaune et d'ocre.
D'un soir de coup de vent, d'un jour
Que tu connaîtras.

... / ...

Quand les volets se mettent à trembler. Et que, pour les refermer
Quelqu'un met ses mains sur les tiennes
Son corps contre le tien…

En ma mémoire. Un tablier à fleurs. Et des yeux, si profonds
Comme s'ils étaient sombres.

DEUXIÈME GRAND-MÈRE

Il pencha, une fois de trop
Son petit corps bombé sur le rebord, juste au-dessus de l'eau et des poissons
Qui, en famille, faisaient et refaisaient
Les yeux écarquillés.

Grand-Mère, de loin, sourire crispé
Tendait son cou de tortue pour mieux surveiller le petit.
Oppressante pensée, quand l'on ne s'en est jamais occupé…
Trop tard !
Un chien s'arrêta,
Le temps de renifler dans l'eau.

Un poisson dans la bouche
Le petit répétait, joyeux, des au-revoir Grand-Mère.
Elle, remettait lentement ses lunettes
Constatant, étonnée, qu'il était parti bien trop loin…
Rejoindre les oiseaux de la plage.

Le temps passa si vite que l'enfant, déjà mouillé de la tête aux pieds
Tel l'éclair, repassait en une seconde le remblai
Courant à perdre haleine,
Vers elle.

… / …

D'un mouvement, d'un seul
Le môme éclaboussa Grand-Mère et ses lunettes éblouies qui crurent
Une vague arriver
Et en une demi-valse,
Qu'elle aurait autrefois mieux négociée, aux pieds de l'enfance
Grand-Mère s'évanouit
Remettant au sable doré les soucis de son corps.

Le petit, amusé
Lui placa deux moules noircies à la place des yeux,
Nettoyant d'eau salée, lunettes et mouchoir dans la poche de droite.
Puis comptant jusqu'à trois, cria bien fort :

Un, deux, trois !
Grand-Mère,
Es-tu là ?

LA BALLADE DES LANDAUX

Un air calme descend, entre les bouleaux, la pente à landaux.
Un chapeau roule à terre
Et un chien s'en amuse.

Mains dans le dos,
Un ennui se promène.

La forêt s'éternise jusqu'au cimetière où les vieilles poussent les landaux :
Regarde,
Comme ma tombe est belle.
Le bébé tout étonné, qui ne peut parler
De peur qu'elle y tombe déjà,
Se remet à pleurer.

Mains dans les poches, l'œil inquiet
Un ennui, brusquement
Se rapproche.

Le panama reposé sur le banc a perdu sa tête.
Le bouleau d'à côté, d'étonnement
Se fige
Et la meute des landaux du dimanche, indifférente
Défile.

... / ...

L'ennui compte les mômes,
Mathématiquement.

Un vent malin envole les feuilles et les cheveux de ces dames
Prennent la couleur fade d'un automne mauvais.
Certaines rient encore
Du chien fou qui, les voyant approcher
S'enfuit pattes au cou.

L'ennui, assis sur une branche.
Mains jointes,
Prie :

Faites qu'elles rentrent vite. Les petits ont si froid
Et je ne supporte plus leurs dos courbés, ni d'entendre leurs mots,
Toujours les mêmes.

Alors que, depuis un certain temps
L'odeur du gâteau qui s'ennuie s'échappe
Par la fenêtre !

LE MUR EN RUINE DE 1800

Au pied du mur en ruine du village d'en bas,

Comme passant devant une église
L'on s'arrête
Devant les containers qui regorgent de bouteilles en plastique
Et de traces lointaines,

De couvertures à moitié déchirées, de livres
Jetés comme des mégots dont on ne sait que faire,
Qui narrent, sous le marc de café, des pans détaillés d'histoire locale
Du temps des blouses grises
Où les fronts des enfants transpiraient sur les bancs

D'une école.
Et au-dessus du montant qui reste de la porte jouxtant la mairie
Détruite, je ne sais quand,
Une date à peine lisible :
Dix-huit cent.

... / ...

Cette photo, accroché au mur
Du Syndicat d'Initiative du village d'en haut,
Même pas en noir et blanc

D'un marron-gris, couleur du bout des doigts
De ces mauvaises cigarettes
Que fumaient, assis sur la murette

Les vieux d'en bas.

LE PONT, REPEINT EN BLANC

Je revois un pont.
Avec ses arbres, joyeux, qui dansent et qui se noient.
Et un âne gris
Y pose son regard de tristesse.

Dans le vent des cheveux d'enfants les planches craquent,
En passant.
Au-dessus, un oiseau curieux plonge
Jouant au cerf-volant.

Le pont, repeint en blanc
Se marie bien maintenant avec les feuilles rouges.
Solennelles, dessous
Elles s'écoulent.

Y courent mes chansons, des mots simples
De toutes saisons.

... / ...

Sur leurs cailloux, les vaguelettes se rient
Des poissons qui s'envolent,
Retombent.

Et de l'âne,
Repeint en blanc.

MON CHÂTEAU

J'ai, enfin,
Mon château en France.
À mon âge ! Ne le dites surtout à personne.

Un pont-levis en Petits Lu
En interdit l'entrée.
Et dans mon fossé, infranchissable
Y coule de l'Aqua Velva bleue :
Imbuvable…

Des gardes y patrouillent sur les remparts,
Armés de longs Bic noirs qu'ils font cliquer
Pour effrayer l'ennemi.

Sur mon trône, j'attends.

Dans ma paume, en main gauche, ma Solido préférée :
Citroën noire, Anno mille neuf-cent cinquante-quatre.
Dans ma droite roulé, un cahier en cuir rouge.
Il est écrit dessus, en lettres d'or :
Clairefontaine,
En un mot.

PARTIE II

GRISAILLES

EXCURSION

Toutes les vingt minutes
On respire, à pleins poumons
Le mazout des bateaux d'excursion
Et la transpiration des foules qui en sortent.
C'est la belle saison,
Avec la nostalgie
Des odeurs
De l'automne.

L'HUMANITÉ EST SALE

L'humanité est sale !
Nous lança-t-il, du bord de son bateau.
Bonnet gris sur la tête,
Il ramassait ce qui avait été jeté sur la berge. Dans les broussailles :
Frite sur une assiette en papier pour corbeau,
Canette de bière et pages de journaux,
Parlant d'écologie, de Sans-Abris
Et d'autres visages.

JOURNÉE TYPIQUE

C'était une journée typique à laisses et à chiens.
À feuilles écrasées sous le pas du passant.
À canards qui s'excitent.

Sous des cieux troublés
Coulait un fleuve tranquille le long d'une âme seule.
Assise, immobile.
Au coin d'un banc mouillé.

Sans laisse ni chien.

LA BLONDE AU CHIEN BEIGE-MARRON

La blonde au chien beige-marron,
Qui agite sa queue dans un sens plutôt que dans l'autre,
Dès qu'elle m'aperçoit, me lance un :
Bonjour Pierre.

Elle aurait connu un Pierre qui me ressemblerait.
Son chien, qui pourtant n'est plus si jeune, me fixe toujours aussi fou.
Le mimétisme joue. Elle,
Rit de tout,
De rien.

Ses yeux d'enfant, soulignés de cheveux extrêmement flous
Ensoleillent l'ascenseur.
Je finirai un jour, entre mon étage et le sien
Par lui dire en refermant la porte : vous ne le saviez pas, Pierre
C'était mon père.
À Lourdes, tout le monde s'appelle ainsi.

Pourquoi la décevoir ?
Laissons donc les rêves au quotidien filer,
Jusqu'au septième étage…

CASQUETTE À CARREAUX

Je croise sa casquette
Et ce vague mouvement de doigts, dans l'air léger
Me dessinant, chaque matin
Sept lettres :
Vertige !

Face à face, à nouveau.
Ce soir
Dans l'ascenseur des états d'âme
Je fixe le miroir,
Étage après étage.

Repoussant la casquette à carreaux, unique et fidèle
À son front perlé
Et s'aidant
De toute la largeur de ses rugueuses mains,
Il redit, à voix basse

Le mot à sept lettres,
Qui le hante.

AU 4^{E} ÉTAGE

Elle disait
Avoir fait, autrefois, un stage
Dans un de ces hôpitaux de bord de mer et à chaque étage
Où les ascenseurs déversent leurs corps.

Son monologue se poursuivait dans le vide,
Sur les murs de la salle d'attente où tournaient à l'infini
Des mots qui se cognaient aux vitres.

Elle, continuait à parler
Du nouveau chemisier qu'elle porterait, en sortant.
À la fois noir et blanc.
Il irait bien avec une jupe sombre,
Avec un pantalon clair,
Hiver comme été.

Tant de mots se ressemblent.
De la jeunesse en blouse blanche aux fronts pâles
Jusqu'au cœur des vagues,
Sous un drap calme.

… / …

Les phrases passent
Et le temps, dans les couloirs, disparait
Avec ses gestes.

À LA LISIÈRE DES VILLES

À la lisière des villes
Là, où le vieil arbre fait de l'ombre à la marquise du Petit Café.
Unique tronc à chiens, pour dos de retraités.
D'immenses panneaux modernes. Décrivant des mètres carrés d'étages,
De sentiments à attendre, à perdre
Au pied d'ascenseurs anonymes,
Cigarettes interdites
Et bonjours prohibés !
À la lisière,
Où poussent les bouquets.

DES GENS SANS TERRE

Sous le ciel gris. Au bord du fleuve, au bord de la Spree
Les bancs, en hiver, se colorent la nuit
De marron, de vert et de rose :
Poches plastiques, serviettes et matelas
Des Pierre et des Paul,
Des Jean sans terre
Qu'hébergent les canards.

PERSONNE NE S'Y CROISE !

Les pavé aux pavés ressemblent
Et une herbe hirsute pousse, si bon lui semble :
Personne ne s'y croise !

UNE FLEUR AYANT SURVÉCU AUX PAS…

Une fleur, ayant survécu aux pas, se relève.
Une abeille au corps d'enfant
Se pose doucement
Sur le bois.

Les têtes se baissent.
Tristes.
Vers la terre de Sienne qui aidera les mains
À remodeler, en prière
Ce visage enfantin.

Les pointillés des gouttes laissant passer le vent
Retombent, un à un
Du haut des branches solennelles
Sur les tempes qui battent comme un tambour.
Et redonnent aux lèvres
Le goût du ciel

De ses oiseaux en papier
Qui redescendent maintenant de l'automne,
Recouvrir d'or
Les mots morts.

DIXIÈME BOUGIE

Il restait ce jour-là à l'église
Exactement neuf petites bougies : pourquoi les ai-je comptées…
Je ne l'avais jamais fait.

Trois éteintes, trois quasi-consumées. Deux autres s'épuisaient.
La dernière trônait fière, en haut
Attendant la dixième.
Celle de la vieille dame qui la posa tremblante, tout en bas :
N'avait-elle plus de force ?

Autrefois
Elle s'activait dans un magasin de sous-sol
Avec trois marches : bonjour et au revoir.
Des années durant
Elle avait vu des pas passer, là-haut
Sur le trottoir.

Et elle suivait au soir ces réverbères qui lui servaient de bougies,
Pour rentrer chez elle.
Les flaques s'amusaient à refléter
Des étoiles étranges.

… / …

Les passants, eux, souriaient.
Gentiment.
Quand ces derniers temps elle s'essayait
À ramasser à terre ces morceaux de ciel,
Brillant à ses yeux.

MUSIQUE D'ISLANDE

Elles sont entrées, sans bruit
Sur le pas de l'église
Par groupes de trois, de quatre.
Et puis devant l'autel elles ont commencé à chanter :
Une musique d'Islande,
Fragile comme verre.

Une d'entre-elles s'est mise doucement à pleurer
Quittant le cercle qui se referma,
Sans elle.

Se rapprochant,
Le groupe lança une danse d'été.
Au milieu du nouveau cercle, elle ne voyait que le vent des jupes qui tournait.
Puis toutes sont allées, presque joyeuses
Vers la porte.

Restée seule.
Et relevant le front,
Elle se mit à fredonner des notes merveilleuses
D'une berceuse inconnue.

EN SOUVENIR

Il remplit de souvenir et d'eau
Le même vase vide
Et sale.

L'automne a toujours ces couleurs de feuilles
Qui lui virevoltent, encore
Des bouquets de sourires.

Il ferme, derrière lui, la porte. Comme s'il sortait
Lui acheter des fleurs.

LE CIMETIÈRE DES MOTS

Dans le fond du tiroir, qu'on n'ouvre qu'en hiver
Dans le recoin des miettes discrètes,
Une couche de feuilles d'automne
Et de papier.

La couche protectrice sous laquelle reposent de si belles années.
Le bois a de la mémoire. Il se souvient des mains étrangères
Qui cherchaient à violer sa serrure.
Et les cartes postales, de l'entrée vigiles suprêmes
Se redressent, prévenant le monde d'en-dessous
D'une intrusion !

Mais il suffisait que j'écarte les bras. Retourne, innocemment, mes paumes
Saisissant doucement un côté bancal du tiroir.
Et quand j'ouvrais, il reconnaissait l'odeur familière
De la lampe à pétrole,
Sa pâle lueur. Un rapide regard :
Tout dormait à sa place…

Simplement, m'assurer : que personne n'était venu déranger
Le cimetière des mots.

LES LAPINS À SOIGNER

Le téléphone racontait des phrases anciennes :
Que tout allait bien,
Mêmes maux que la veille.

Qu'il faudrait descendre, en bas du village
Soigner les lapins.
Pour eux c'était l'heure.

La pluie humide oppressant le corsage,
Un poil mouillé sur ses talons inquiet,
Remonter. Pas à pas.
Souffle retenu.
Un regard,
Vers les cloches des vaches d'un autre.
Jusqu'à la croix du virage.

Là, sans trop se baisser
Repousser, d'une main, les feuilles
Protégeant les tombes. Près du chien,
Soupir entre les pattes.

LOURDES

Lourdes,
Une ville avec un s, car il y en a plusieurs.
Celle de la rue en pente où roulent les foules sans cesse.
Et, en bas. Tout en bas
Celle qui remonte lentement,
L'âme légère.
Jusqu'à la rue du Bourg : la maison de mon père.
Et jusqu'au château, forteresse d'enfance, histoire d'un siège :
D'un miracle, venu d'en haut.
Ce poisson, tombé du ciel, sur le château affamé
Que semble attendre. Douce et calme,
Sur la place,
La statue éternelle
De Bernadette.

PAPA

Je reviens te voir,
Une fois l'an.
Là où le ciel gris sur les cailloux se reflète.
Je retire ces graviers noircis,
De par ta cigarette.
Et j'en remets de petits blancs :
Un jeu d'enfant !
Pour éblouir les nuages,
Ou te faire plaisir ?

EN NOIR AU BLANC [1]

1 – Expression d'imprimerie : inversion des valeurs.

HANTE LE POÈTE

Le noir hante le poète!
Il y distingue les humains, muets, déambulant tristement
Dans des allées à chiens aux brumes infinies
Et des enfants qui courent jusqu'au fond, d'arbre en arbre
En ce qui ressemble, de très loin
À de tout petits cris. Ce n'est pas l'innocence,
Mais le rire amusé
De l'ange.

D'UNE MOUETTE LES AILES

D'une mouette les ailes,
Les ailes de deux mouettes font et refont, à deux, des cercles de nostalgie
En dessous du ciel,

Peinant à quitter des toits bleus la respiration régulière
Qui monte des lucarnes,
En vagues de draps blancs aux fenêtres,
Ce geste élégant

De ceux, de celles qui jettent, au matin
Leurs rêves. Ils sautent d'un toît à l'autre,
En écartant les bras,

Laissant ainsi l'instant apparaître
D'une aile tatouée,
Au bord d'un cœur.

CROISETTE-PLAGE

Une photo de mer, au regard terne
Eternisera sur le papier
Les traces du murmure.

Et elle se redisait,
Tête légèrement baissée, étouffant ainsi sa voix,
Recomptant pas à pas les plus gros grains de sable

Que lui, le ciel bleu et les gifles des vagues
Quand les mouettes mélancoliques plongeaient et replongeaient le bec
Entre les énormes lèvres écumantes

Que le souvenir, frémissant
Troublerait son œil

Que l'image allait culbuter,
Là-bas où tangue l'âme de minuscules voiles.
Et au-delà des mâts, tout en haut

... / ...

Ce front immense, blanc ou gris
Se déchirant doucement, à la rapidité d'un sourire
Reformera, en vague, les mots connus
Perdus de vue.

Et le vent hors d'haleine
Ferait, par derrière
Sursauter son chapeau.

QUI DIT BARQUE ET RIVAGE

Qui dit barque et rivage
A en mémoire un tronc aux branches puissantes,
Portant des fruits lointains, de petites fleurs jaune pâle
Et les regrets profonds
De ces cloches sonnant le réveil d'un bateau,
De mouchoirs blancs effacant la ligne d'horizon
Où surgissent, tout autour de la coque, sur des vagues de bonheur
D'innombrables pétales.

LES COQUES BLEUES

Les bateaux de l'aube
Portent une coque au bleu, si intense
Plus profond que les feuilles, plus puissant
Que le ciel, plus brillant que le regard
Fatigué des hommes qui porteront, plus tard
À l'envers sur le dos, la longue tristesse des coques.
Tristesse de soir.

Tout en passant
Devant l'immense joie des enfants
Qui profitent, en tous sens, de la pénombre. Cabriolant le crépuscule !
Accrochant, ensuite, à la nuit
Des deux mains allongées dans leurs lits
Aux plafonds bleus des chambrettes
Autant de mini-coques,
Couleur de mouette-ciel.

Afin qu'elles ne quittent
Leurs yeux, même s'ils se ferment
Et ne s'envolent bien trop tôt rejoindre dans la baie,
À la pointe de leurs voiles bleu-noir,
Les mâts étoilés.

S'ENDORMIR SUR L'ÉPAULE

Les violons s'endorment sur l'épaule
Leurs couleurs s'attristent et s'en vont, chaque jour
C'est l'automne.
Et les mois,
Qui n'ont plus de raison.

Les oiseaux, au fond de nids vides,
S'affairent.
À la recherche de partitions continuant de brûler
Aux coins des sentiments.

Sans une épaule pour reposer, les notes descendent,
De branche en branche,
Dissimulant leur blancheur
Sous la terre ocre-sang.

Espérant que, dans le rêve,
Repoussera un chant.

MOZART EN AMAZONIE

Des oiseaux, en Amazonie
Siffleraient des mélodies de Mozart. Cela ne vous étonne pas :
Mozart, en Amazonie ?
Certes, cela ne fut jamais écrit nulle part
Que sa calèche se serait embourbée,
Dans un boa.

Et pourtant. Imaginez-le,
Sur l'aile d'un oiseau translucide,
Rejoignant, en haut d'un arbre millénaire, des musiques
Qu'on n'entend pas d'ici.
Et la nuit
Sifflotant des airs,
Aux lèvres un peu violettes.

La nouvelle s'est propagée, d'aile en aile
Qu'aurait été retrouvé son corps.
Qu'il rejouerait comme autrefois avec son âme, à cache-cache
Derrière les partitions.
Et se moquerait bien,
À tout jamais.

... / ...

Menottes sous la nuque croisées,
Les notes s'échapperaient en cabrioles de sa bouche
Sur de jeunes nuages, assis autour de lui.
Emerveillés!

VIVALDI, TCHAIKOVSKI
ET BIEN D'AUTRES

Pas uniquement
Les quatre saisons de Vivaldi,
Ni de Tchaikovski
Les douze mois de l'année
Sans s'arrêter,
Il jouait.

Et à chaque seconde s'envolait une note, vers le public :
Une pour chaque personne. Chacun la sienne.
Dans la salle et la pénombre
Elles se cachaient sous les vestes, attendant d'être ramenées sous le manteau.

Et sur le pavé, sous la peau
Ce sentiment étrange d'avoir repris avec soi
Ce qui nous aurait été volé.

ASCENSEUR AVEC UN GRAND A

Je rêve.

De l’ascenseur,
Que l’on découvre avec nostalgie dans les immeubles anciens.
Une grille qui se ferme, à deux mains. Où se succèdent,
À travers sa porte, les noms
Des personnes du premier, du second, du troisième
Et qui permet d’apercevoir des visages fins,
Penchés sur leurs marches.

Avec son banc, en vieux bois
Qui me raconterait ses histoires.
Certainement j’aurais, dans ce monte-âmes du siècle dernier,
Des conversations
Avec des gens élégants, qui rediraient les mots d’antan
Évoqueraient des rêveries à faire,

Avec elles.

INSCRIT EN BIAIS : LE RÊVE

Les nuits ressemblent aux nuits, quand les volets retombent
Et que le cœur se lève du lit,
Pour chevaucher en cauchemar.

Je suis, de loin, mon pas
Sur le chemin terne aux herbes inégales.
J'avance à l'infini dans la brume des cheveux roux
Et passe des fenêtres aveugles.

Derrière moi,
Mes souvenirs en valise
Dans la chambre d'hôtel à l'enseigne évasive.
Et puis, là. Soudain, surgi de je ne sais où
Un taxi sans chauffeur.
Sur sa porte, deux ailes.

Sur le toit resplendissent deux mots
Jaunâtres, presque dorés.
Inscrit en biais :
Le rêve.

MA VALISE NOIRE

J'ai fait l'achat, à prix réduit
D'une valise : la plus volumineuse possible.
Et en plus d'une housse pour la protèger de la poussière, à la cave.
Nullement l'idée de voyager :
Tout simplement, marquer. D'une manière. D'une autre.
Le début d'un été.

Où l'on voit courir des familles entières
Après le temps qui s'envole, sans eux
Sous des cieux qui seraient différents.
Sous des nuages transportant des odeurs d'antan
Décrites en langues étranges.

Celles de mes rêves, bien moins noirs
Que ceux que l'on puisse faire.
Avions, privés de leurs pilotes. Fragiles mais brillants. Volant à reculons,
Traversant des paysages connus
Qui, oh combien, rassurent.

... / ...

J'y vois, dans la brume sans forme
Des visages, l'entrebaillement d'une porte
Quittant, sur la pointe des pieds.
Laissons-le voyager !

Il reviendra bien, de lui-même.
La valise noire à la main couverte de poussière
Nous narrer la beauté des soleils
Qui s'éteignent…

À SELMA[1]

La couverture du livre,
Renforcée aux coins de fleurs jaunes,
Vertes et rouges ailleurs. Aux goûts des uns. Aux goûts des autres.
Et son papier blanc recouvert d'un fond de ciel,
D'une mer éternelle.

J'y repasse, quatre fois peut-être
Le bout de mes doigts, comme un regard le ferait sur une âme
Mais sa tranche nostalgique, étroite comme un long couloir sans portes
Laisse peu de place aux yeux baissés, pour lire les prénoms.
Un pour chaque saison.

La bleue, la verte, la jaune, la rouge
Dans l'ordre du cœur qui s'y est promené.
Et à la fin, sur le dernier poème, le seul qui ne soit pas daté
Figure un dessin enfantin, au crayon.

... / ...

1 – 18 ans + 16.12.1942

De la neige bleue sur un sapin, aux branches qui forment un sourire
En dessous d'un ciel de nuit, tel qu'on n'en voit jamais.
Avec sa minuscule étoile jaune
Mal dessinée, qui tremble.
Et un petit personnage, en manteau élimé
D'un rouge automne
Qui s'estompe.

LE DOS DES LIVRES

Je traversais inquiet une sorte d'interminable allée,
Faite d'immenses dos de livres…
Certains agitaient leurs titres dans le vent.
De gauche comme de droite :
Que d'écritures différentes !

À force de tourner la tête
Un brouillard se fit devant mes yeux, dissimulant les dessins dans ces pages
Qui lançaient par effluves le moisi des mots anciens.
Puis le chemin se tordit
Telle une vague qu'on déchire. Avec, dans l'air
Des odeurs de fumée âcre.

En baissant la tête sur mes pieds douloureux
J'ai pu y reconnaître de petits rails de bois : il y a longtemps,
Je me souvenais d'un train
Troisième classe, banquette de bois verte, contrôle permanent
Et trou dans le ticket !
Étrange train : en guise de rails
Des crayons que les roues écrasaient inexorablement.

… / …

Je continuais ma marche à la même cadence.
J'aurais du voir que la foule qui me suivait
Ramassait,
Comme s'il s'agissait de doigts brisés,
Les morceaux les mettant soigneusement en poche :
Les couleurs claires d'un côté,
Les autres de l'autre.

Je m'en sentais soulagé !
Que, dans ce chaos
Les pensées se rassemblent.
Ces petits, ces gros morceaux
Dans les poches de leurs vieux manteaux.

Puis, sans que je m'en aperçoive,
Tout se fondit lentement en une forme unique
De cathédrale de bois, béante. Sa cloche, détachée du clocher
Tanguait
Muette comme un pendule. Presque par terre
Au fond d'une forêt
Où tout se serait tu.

Et sur ce chemin devenu de plus en plus étroit,
Dans la poussière des pas disparus
Tous ces livres, des arbres et du ciel revenus
S'empilaient. À terre.
Désespérés que l'on passe,
Indifférent.
Comme s'il n'y avait, ici
Plus rien à faire.
Rien à écrire.

LE PAS

Le pas s'avançait dans l'allée, au rythme de paroles murmurées.
En phrases très courtes.
Un point, c'est tout.

Un bruit régulier sur le gravier.
Un de ces chemins droits, sans haie.
Sans aventure.

Quitté même par les ombres
Disparaissant, là où les troncs faisaient des cercles
Ponctuant le soir de pensées en spirales.

Autour d'eux les herbes, poètes
En autant de virgules.

J'AIGUISE MON CRAYON

J'aiguise mon crayon au tensiomètre.
Les mots durs du soir s'arrêtent en bord de route. S'adossent aux troncs.
Les très longues phrases, elles, s'en vont
Continuant leur chemin de rêve. Se prélassent et s'allongent
En dehors de la page, à l'ombre. Là où mon cœur
Ne bat plus la chamade.

NOS MARQUE-PAGES

Ici,
Je possède un très gros livre
Qui va de la page un, à la page mille.

J'y place des marque-pages de couleur :
Des rouges et des verts, des ocres et des jaunes.
Des blancs, pourquoi pas ?

Deux, souvent, à la fois.
Au même endroit, quand nous lisons ensemble.

Et si un soleil frôle la bibliothèque, alors ils se protègent.
Leurs couleurs se mélangent, créant
Un étrange arc-en-ciel.

BATEAU EN PAPIER AU GRÉ DE LA RIVIÈRE

J'ai toujours cru l'eau,
Ennemie du papier et de l'encre.
Elle faisait, en effet, couler les mots en arabesques étranges
En bas de page.

J'avais ainsi vu, en toute saison, les gouttes s'entraînant sur les vitres
À monter avec le vent,
Glissant, se regroupant. Reformant,
Plus bas, des lignes
Plus ou moins épaisses. Belles. Incompréhensibles.

Poésie linéaire,
Verticale,
S'enfuyant sous l'herbe
Et le petit bateau en papier descendait au gré de la rivière…

Il fut dit
Que ce serait à moi de colorier la feuille de paroles
Me venant, en cascades incessantes, enivrantes
Du ciel à la terre,
Entre les doigts.

… / …

Par bonheur
J'avais encore la maîtrise sur les accents et le pouvoir d'y mettre fin !
Remettre le capuchon sur mon stylo à encre.
Refermer la fenêtre au rêve qui lèche, tel un chien
Dehors sur la vitre,
Les gouttes d'eau.

DEUX RIVES[1]

Je recherche un livre,
Qui parlait de toi.
Un titre qui te ressemble, une berge où nous serions à nouveau ensemble :
Le prénom d'un sourire.

Et s'il fallait fouiller,
Des deux mains, le bonheur des mots
Je le retrouverais sur ton banc. Un bouquiniste, en bord de Seine.
Dans une librairie, en coin d'une ruelle.
Laquelle ?
Au-dessus de sa porte, la pierre trop caressée d'une statue antique.
Au fond ta robe rouge, flottant.
Éclatante.

Où tu m'avais dédicacé, d'une encre pâle
La dernière page. Datée, de peur de se perdre :
Un retour à Berlin !

... / ...

---

1 – Ce dernier poème, sur le thème « Paris-Berlin », est paru dans le Spécial France d'ARTE Magazin à l'occasion de la Foire du Livre de Francfort 2017. La France en était l'hôte d'honneur.

Et ce matin au bord de la Spree,
De mon banc, de ses arbres si dignes. En face, l'Ile des Musées.
Ton livre à mon bras.
Des milliers de petits clins d'œil scintillent sa surface, passent
Et reviennent. Me poussent à sourire…
Pourtant je me sens, presque perdu dans le calme profond.
Des sentiments de verts infinis s'enfoncent dans le sable.
Je rêve d'un tout petit café,
De sa table.

Du bout des doigts, délicatement
Je lis et je relis. Était-ce bien ce poème
Qui se termine ainsi :
Les méandres du ciel régulièrement s'y déplacent
Épousant les rivages
Où des étoiles bleues retracent
Un visage.

TABLE DES MATIÈRES

Imprimé en France
978-2-310-03763-1
Dépôt légal : 2e trimestre 2018